진달래꽃

한 국 대 표
명 시 선
1 0 0

김 소 월

진달래꽃

시인생각

■ 차 례 ——————————————— 진달래꽃

2

1

진달래꽃

나 보기가 역겨워
가실 때에는
말없이 고이 보내드리우리다.

영변에 약산
진달래꽃
아름 따다 가실 길에 뿌리우리다.

가시는 걸음걸음
놓인 그 꽃을
사뿐히 즈려밟고 가시옵소서.

나 보기가 역겨워
가실 때에는
죽어도 아니 눈물 흘리우리다.

접동새

접동
접동
아우래비 접동

진두강津頭江 가람가에 살던 누나는
진두강 앞마을에
와서 웁니다.

옛날, 우리나라
먼 뒤쪽의
진두강 가람가에 살던 누나는
의붓어미 시샘에 죽었습니다.

누나라고 불러보랴
오오, 불설워
시새움에 몸이 죽은 우리 누나는
죽어서 접동새가 되었습니다.

아홉이나 남아 되던 오랩동생을
죽어서도 못 잊어 차마 못 잊어
야삼경夜三更 남 다 자는 밤이 깊으면
이 산 저 산 옮아가며 슬피 웁니다.

개여울

당신은 무슨 일로
그리합니까?
홀로이 개여울에 주저앉아서

파릇한 풀포기가
돋아 나오고
잔물은 봄바람에 헤적일 때에

가도 아주 가지는
않노라시던
그러한 약속이 있었겠지요.

날마다 개여울에
나와 앉아서
하염없이 무엇을 생각합니다.

가도 아주 가지는
않노라심은
굳이 잊지 말라는 부탁인지요.

가는 길

그립다
말을 할까
하니 그리워

그냥 갈까
그래도
다시 더 한 번……

저 산에도 까마귀, 들에 까마귀,
서산에는 해 진다고
지저귑니다.

앞 강물, 뒷 강물,
흐르는 물은
어서 따라 오라고 따라 가자고
흘러도 연달아 흐릅디다려.

길

어제도 하로밤
나그네 집에
가마귀 가왁가왁 울며 새었소.

오늘은
또 몇 십 리
어디로 갈까.

산으로 올라갈까
들로 갈까
오라는 곳이 없어 나는 못 가오.

말 마소, 내 집도
정주定州 곽산郭山
차 가고 배 가는 곳이라오.

여보소, 공중에
저 기러기
공중엔 길 있어서 잘 가는가?

여보소, 공중에
저 기러기
열십자 복판에 내가 섰소

갈래갈래 갈린 길
길이라도
내게 바이 갈 길은 하나 없소.

왕십리往十里

비가 온다.
오누나
오는 비는
올지라도 한 닷새 왔으면 좋지.

여드레 스무 날엔
온다고 하고
초하루 삭망朔望이면 간다고 했지.
가도 가도 왕십리 비가 오네.

웬걸, 저 새야.
울려거던
왕십리 건너가서 울어나다고
비 맞아 나른해서 벌새가 운다.

천안天安에 삼거리 실버들도
촉촉이 젖어서 늘어졌다네.
비가 와도 한 닷새 왔으면 좋지.
구름도 산마루에 걸려서 운다.

산유화

산에는 꽃 피네.
꽃이 피네.
갈 봄 여름 없이
꽃이 피네.

산에
산에
피는 꽃은
저만치 혼자서 피어 있네.

산에서 우는 작은 새요.
꽃이 좋아
산에서
사노라네.

산에는 꽃 지네.
꽃이 지네.
갈 봄 여름 없이
꽃이 지네.

고독

설움의 바닷가의
모래밭이라
침묵의 하루해만 또 저물었네.

탄식의 바닷가의
모래밭이니
꼭 같은 열두 시만 늘 저무누나.

바잽의 모래밭에
돋는 봄풀은
매일 붓는 범불에 터도 나타나
설움의 바닷가의
모래밭은요
봄 와도 봄 온 줄을 모른다더라.

이즘의 바닷가의 모래밭이면
오늘도 지는 해니 어서 져다오.

아쉬움의 바닷가 모래밭이니
뚝 씻는 물소리가 들려나다오.

고적한 날

당신 님의 편지를
받은 그날로
서러운 풍설이 돌았습니다.

물에 던져달라고 하신 그 뜻은
언제나 꿈꾸며 생각하라는
그 말씀인 줄 압니다.

흘려 쓰신 글씨나마
언문 글자로
눈물이라고 적어 보내셨지요.

물에 던져달라고 하신 그 뜻은
뜨거운 눈물 방울방울 흘리며,
맘 곱게 읽어달라는 말씀이지요.

구름

저기 저 구름을 잡아타면
붉게도 피로 물든 저 구름을,
밤이면 새캄한 저 구름을.
잡아타고 내 몸은 저 멀리로
구만 리 긴 하늘을 날아 건너
그대 잠든 품속에 안기렸더니,
애스러라, 그리는 못한대서,
그대여, 들으라 비가 되어
저 구름이 그대한테로 내리거든,
생각하라, 밤저녁, 내 눈물을.

2

금잔디

잔디
잔디
금잔디
심심산천에 붙는 불은
가신 님 무덤가에 금잔디.
봄이 왔네, 봄빛이 왔네.
버드나무 끝에도 실가지에
봄빛이 왔네, 봄날이 왔네.
심심산천에도 금잔디에.

님의 노래

그리운 우리 님의 맑은 노래는
언제나 내 가슴에 젖어 있어요.

긴 날을 문밖에서 서서 들어도
그리운 우리 님의 고운 노래는
해지고 저물도록 귀에 들려요.
밤들고 잠들도록 귀에 들려요.

고이도 흔들리는 노래 가락에
내 잠은 그만이나 깊이 들어요.
고적한 잠자리에 홀로 누워도
내 잠은 포스근히 깊이 들어요.

그러나 자다 깨면 님의 노래는
하나도 남김없이 잃어 버려요.
들으면 듣는 대로 님의 노래는
하나도 남김없이 잊고 말아요.

님에게

한때는 많은 날을 당신 생각에
밤까지 새운 일도 없지 않지만
아직도 때마다는 당신 생각에
축업은 베갯가의 꿈은 있지만

낮모를 딴 세상의 네길거리에
애달피 날 저무는 갓 스물이요.
캄캄한 어두운 밤 들에 헤매도
당신은 잊어버린 설움이외다.

당신을 생각하면 지금이라도
비 오는 모래밭에 오는 눈물의
축업운 베갯가의 꿈은 있지만
당신은 잊어버린 설움이외다.

먼 후일

먼 훗날 당신이 찾으시면
그때에 내 말이 '잊었노라'

당신이 속으로 나무라면
'무척 그리다가 잊었노라'

그래도 당신이 나무라면
'믿기지 않아서 잊었노라'

오늘도 어제도 아니 잊고
먼 훗날 그때에 '잊었노라'

못 잊어

못 잊어 생각이 나겠지요.
그런대로 한 세상 지내시구려
사노라면 잊힐 날 있으리다.

못 잊어 생각이 나겠지요.
그런대로 세월만 가라시구려
못 잊어도 더러는 잊히오리다.

그러나 또 한긋 이렇지요
'그리워 살뜰히 못 잊는데
어쩌면 생각이 떠지나요?'

봄밤

실버드나무의 거무스레한 머리결인 낡은 가지에
제비의 넓은 깃 나래의 감색紺色 치마에
술집의 창 옆에, 보아라, 봄이 앉았지 않는가.

소리도 없이 바람은 불며, 울며, 한숨지어라
아무런 줄도 없이 섧고 그리운 새카만 봄밤
보드라운 습기는 떠돌며 땅을 덮어라.

공원의 밤

백양가지에 우는 전등은 깊은 밤의 못물에
어렷하기도 하며 아득하기도 하여라.
어둡게 또는 소리 없이 가늘게
줄줄의 버드나무에서는 비가 쌓일 때.

푸른 하늘은 낮은 듯이 보이는 긴 잎 아래로
마주앉아 고요히 내리깔리던 그 보드라운 눈길!
인제, 검은 내는 떠돌아오라 비구름이 되어라
아아 나는 우노라 '그 옛적의 내 사람!'

나는 세상모르고 살았노라

‘가고 오지 못한다’는 말을
철없던 내 귀로 들었노라.
만수산萬壽山 올라서서
옛날에 갈라선 그 내 님도
오늘날 뵈올 수 있었으면.

나는 세상모르고 살았노라,
고락에 겨운 입술로는
같은 말도 조금 더 영리하게
말하게도 지금은 되었건만.
오히려 세상모르고 살았으면!

‘돌아서면 무심타’는 말이
그 무슨 뜻인 줄을 알았으랴.
제석산帝釋山 붙는 불은
옛날에 갈라선 그 내 님의
무덤에 풀이라도 태웠으면!

나의 집

들가에 떨어져 나가앉은 멧기슭의
넓은 바다의 물가 뒤에,
나는 지으리, 나의 집을,
다시금 큰길을 앞에다 두고.
길로 지나가는 그 사람들은
제가끔 떨어져서 혼자 가는 길.
하얀 여울 턱에 날은 저물 때.
나는 문간에 서서 기다리리
새벽 새가 울며 지새는 그늘로
세상은 희게, 또는 고요하게
번쩍이며 오는 아침부터
지나가는 길손을 눈여겨보며,
그대인가고, 그대인가고.

엄마야 누나야

엄마야 누나야 강변 살자.
뜰에는 반짝이는 금모랫빛,
뒷문 밖에는 갈잎의 노래
엄마야 누나야 강변 살자.

3

널

성촌城村의 아가씨들
널 뛰노나
초파일날이라고
널을 뛰지요

바람 불어요
바람이 분다고!
담 안에는 수양의 버드나무
채색彩色 줄 층층 그네 매지를 말아요

담 밖에는 수양의 늘어진 가지
늘어진 가지는
오오 누나!
휘젓이 늘어져서 그늘이 깊소

좋다 봄날은
몸에 겹지
널뛰는 성촌의 아가씨네들
널은 사랑의 버릇이라오

춘향과 이도령

평양에 대동강은
우리나라에
곱기로 으뜸가는 가람이지요.

삼천 리 가다가다 한가운데는
우뚝한 삼각산이
솟기도 했소.

그래 옳소 내 누님, 오오 누이님
우리나라 섬기던 한 옛적에는
춘향과 이도령도 살았다지요.

이편에는 함양, 저편에는 담양.
꿈에는 가끔가끔 산을 넘어
오작교 찾아찾아 가기도 했소.

그래 옳소 누이님 오오 내 누님
해 돋고 달 돋아 남원 땅에는
성춘향 아가씨가 살았다지요.

첫사랑

아까부터 노을은 오고 있었다.
내가 만약 달이 된다면
지금 그 사람의 창가에도
아마 몇 줄기는 내려지겠지.

사랑하기 위하여
서로를 사랑하기 위하여
숲속의 외딴집 하나
거기 초록빛 위 구구구
비둘기 산다.

이제 막 장미가 시들고
다시 무슨 꽃이 피려한다.

아까부터 노을은 오고 있었다.
산 너머 갈매 하늘이
호수에 가득 담기고
아까부터 노을은 오고 있었다.

초혼

산산이 부서진 이름이여!
허공중에 헤어진 이름이여!
불러도 주인 없는 이름이여!
부르다가 내가 죽을 이름이여!

심중에 남아 있는 말 한마디는
끝끝내 마저 하지 못하였구나.
사랑하던 그 사람이여!
사랑하던 그 사람이여!

붉은 해는 서산마루에 걸리었다.
사슴이의 무리도 슬피 운다.
떨어져 나가 앉은 산 위에서
나는 그대의 이름을 부르노라.

설움에 겹도록 부르노라.
설움에 겹도록 부르노라.
부르는 소리는 비껴가지만
하늘과 땅 사이가 너무 넓구나.

선 채로 이 자리에 돌이 되어도
부르다가 내가 죽을 이름이여!
사랑하던 그 사람이여!
사랑하던 그 사람이여!

예전엔 미처 몰랐어요

봄, 가을 없이 밤마다 돋는 달도
'예전엔 미처 몰랐어요.'

이렇게 사무치게 그리울 줄도
'예전엔 미처 몰랐어요.'

달이 암만 밝아도 쳐다볼 줄을
'예전엔 미처 몰랐어요.'

이제금 저 달이 설움인 줄은
'예전엔 미처 몰랐어요.'

부모

낙엽이 우수수 떨어질 때,
겨울의 기나긴 밤,
어머님하고 둘이 앉아
옛이야기 들어라.

나는 어쩌면 생겨나와
이 이야기 듣는가?
묻지도 말아라, 내일날에
내가 부모 되어서 알아보랴?

맘에 속의 사람

잊힐 듯이 볼 듯이 늘 보던 듯이
그립기도 그리운 참말 그리운
이 나의 맘에 속에 속모를 곳에
늘 있는 그 사람을 내가 압니다.

인제도 인제라도 보기만 해도
다시없이 살뜰할 그 내 사람은
한두 번만 아니게 본 듯하여서
나자부터 그리운 그 사람이요.

남은 더 어림없다 이를지라도
속에 깊이 있는 것 어찌하는가,
하나 진작 낯모를 그 내 사람은
다시없이 알뜰한 그 내 사람은…….

나를 못 잊어하여 못 잊어하여
애타는 그 사랑이 눈물이 되어,
한끝 만나리 하는 내 몸을 가져
몹쓸음을 둔 사람, 그 나의 사람?

풀따기

우리 집 뒷산에는 풀이 푸르고
숲 사이의 시냇물, 모래 바닥은
파아란 풀 그림자, 떠서 흘러요.

그리운 우리 님은 어디 계신고,
날마다 피어나는 우리 님 생각.
날마다 뒷산에 홀로 앉아서
날마다 풀을 따서 물에 던져요.

흘러가는 시내의 물에 흘러서
내어던진 풀잎은 옅게 떠갈 제
물살이 해적해적 품을 헤쳐요.

그리운 우리 님은 어디 계신고,
가엾은 이내 속을 둘 곳 없어서
날마다 풀을 따서 물에 던지고
흘러가는 잎이나 맘해 보아요.

해가 산마루에 저물어도

해가 산마루에 저물어도
내게 두고는 당신 때문에 저뭅니다.

해가 산마루에 올라와도
내게 두고는 당신 때문에 밝은 아침이라고 할 것입니다.

땅이 꺼져도 하늘이 무너져도
내게 두고는 끝까지 모두다 당신 때문에 있습니다.

다시는, 나의 이러한 맘뿐은, 때가 되면
그림자같이 당신 테로 가우리다.

오오, 나의 애인이었던 당신이여.

부헝새

간밤에
뒤창 밖에
부헝새가 와서 울더니,
하루를 바다 위에 구름이 캄캄.
오늘도 해 못 보고 날이 저무네.

4

바리운 몸

꿈에 울고 일어나
들에
나와라.

들에는 소슬비
머구리*는 울어라.
풀 그늘 어두운데
뒷짐 지고 땅 보며 머뭇거릴 때.

누가 반딧불 쬐어드는 수풀 속에서
'간다. 잘 살아라.' 하며 노래 불러라.

*) 개구리의 옛말

팔베개 노래

첫날에 길동무
만나기 쉬운가
가다가 만나서
길동무 되지요.

가장家長님만 님이랴
정들면 님이지
한평생 고락苦樂을
다짐 둔 팔베개.

첫닭아 꼬꾸요
목 놓지 말아라
내 품에 안긴 님
단꿈이 깰리라.

오늘은 하룻밤
단잠의 팔베개
내일은 상사相思의
거문고 베개라.

조선의 강산아
네 그리 좁더냐.
삼천리 서도西道를
끝까지 왔노라.

집 뒷산 솔버섯
다투던 동무야
어느 뉘 가문에
시집을 갔느냐.

공중에 뜬 새도
의지가 있건만
이 몸은 팔베개
뜬풀로 돌지요.

기회機會

강 위에 다리는 놓였던 것을!
나는 왜 건너가지 못했던가요.
'때'의 거친 물결은 볼 새도 없이
다리를 무너치고 흐릅니다려.

먼저 건넌 당신이 어서 오라고
그만큼 부르실 때 왜 못 갔던가!
당신과 나는 그만 이편저편서,
때때로 울며 바랄 뿐입니다려.

옷과 밥과 자유

옷과 밥과 자유
공중에 떠다니는
저기 저 새요.
네 몸에는 털 있고 깃이 있지.

밭에는 밭곡식
논에는 물벼
눌하게 익어서 숙으러졌네!

초산楚山 지나 적유령狄踰嶺
넘어선다.
짐 실은 저 나귀는 너 왜 넘니?

옛 이야기

고요하고 어두운 밤이 오면은
어스레한 등불에 밤이 오면은
외로움에 아픔에 다만 혼자서
하염없는 눈물에 저는 웁니다.

제 한 몸도 예전엔 눈물 모르고
조그마한 세상을 보냈습니다.
그때는 지난날의 옛이야기도
아무 설움 모르고 외웠습니다.

그런데 우리 님이 가신 뒤에는
아주 저를 버리고 가신 뒤에는
전날에 제게 있던 모든 것들이
가지가지 없어지고 말았습니다.

그러나 그 한때에 외워두었던
옛이야기뿐만은 남았습니다.
나날이 짙어가는 옛이야기는
부질없이 제 몸을 울려줍니다.

자나 깨나 앉으나 서나

자나 깨나 앉으나 서나
그림자 같은 벗 하나이 내게 있었습니다.

그러나, 우리는 얼마나 많은 세월을
쓸데없는 괴로움으로만 보내었겠습니까!

오늘은 또다시, 당신의 가슴속, 속 모를 곳을
울면시 나는 휘지이 비리고 떠납니다그려.

허수한 맘, 둘 곳 없는 심사에 쓰라린 가슴은
그것이 사랑, 사랑이던 줄이 아니도 잊힙니다.

거친 풀 흐트러진 모래동으로

거친 풀 흐트러진 모래동으로
맘 없이 걸어가면 놀래는 청령蜻蛉.

들꽃 풀 보드라운 향기 맡으면,
어린 적 놀던 동무 새 그리운 맘.

길다란 쑥대 끝을 삼각에 메워
거미줄 감아 들고 청령을 쫓던,

늘 함께 이 동 위에 이 풀숲에서
놀던 그 동무들은 어디로 갔노!

어린 적 내 놀이터 이 동마루는
지금 내 흩어진 벗 생각의 나라.

먼 바다 바라보며 우뚝이 서서,
나 지금 청령 따라 왜 가지 않노.

서울 밤

붉은 전등.
푸른 전등.
널따란 거리면 푸른 전등.
막다른 골목이면 붉은 전등.
전등은 반짝입니다.
전등은 그물입니다.
전등은 또다시 어스렷합니다.
전등은 죽은 듯한 긴 밤을 지킵니다.

나의 가슴의 속모를 곳의
어둡고 밝은 그 속에서도
붉은 전등이 흐득여 웁니다.
푸른 전등이 흐득여 웁니다.

붉은 전등.
푸른 전등.
머나먼 밤하늘은 새카맙니다.
머나먼 밤하늘은 새카맙니다.
서울 거리가 좋다고 해요,
서울 밤이 좋다고 해요.

붉은 전등.
푸른 전등.
나의 가슴의 속모를 곳의
푸른 전등은 고적합니다.
붉은 전등은 고적합니다.

붉은 전등.
푸른 전등.
널따란 거리면 푸른 전등.
막다른 골목이면 붉은 전등.
전등은 반짝입니다.
전등은 그무립니다.
전등은 또다시 어스렷합니다.
전등은 죽은 듯한 긴 밤을 지킵니다.

나의 가슴의 속모를 곳의
어둡고 밝은 그 속에서도
붉은 전등이 흐드겨 웁니다.
푸른 전등이 흐드겨 웁니다.

붉은 전등.
푸른 전등.
머나먼 밤하늘은 새캄합니다.
머나먼 밤하늘은 새캄합니다.

서울 거리가 좋다고 해요.
서울 밤이 좋다고 해요.
붉은 전등.
푸른 전등.
나의 가슴의 속모를 곳의
푸른 전등은 고적합니다.
붉은 전등은 고적합니다.

삼수갑산三水甲山

— 次安西先生山水甲山韻

삼수갑산 내 왜 왔노 삼수갑산이 어디뇨
오고나니 기험奇險타 아하 물도 많고 산 첩첩疊疊이라 아하하

내 고향을 도로 가자 내 고향을 내 못 가네
삼수갑산 멀드라 아하 촉도지난蜀道之難이 예로구나 아하하

삼수갑산이 어디뇨 내가 오고 내 못 가네
불귀不歸로다 내 고향 아하 새가 되면 떠가리라 아하하

님 계신 곳 내 고향을 내 못 가네 내 못 가네
오다가다 야속타 아하 삼수갑산이 날 가두었네 아하하

내 고향을 가고지고 오호 삼수갑산 날 가두었네
불귀로다 내 몸이야 아하 삼수갑산 못 벗어난다 아하하

삭주구성 朔州龜城

물로 사흘, 배 사흘,
먼 삼천 리
더더구나 걸어 넘는 먼 삼천 리
삭주 구성은 산을 넘은 육천 리요.

물 맞아 함빡이 젖은 제비도
가다가 비에 걸려 오노랍니다.
저녁에는 높은 산
밤에 높은 산

삭주구성은 산 넘어
먼 육천 리
가끔가끔 꿈에는 사오천 리
가다 오다 돌아오는 길이겠지요.

서로 떠난 몸이길래 몸이 그리워
님을 둔 곳이길래 곳이 그리워
못 보았소 새들도 집이 그리워
남북으로 오며 가며 아니합디까.

들 끝에 날아가는 나는 구름은
반쯤은 어디 바로 가 있을 텐고
삭주구성은 산 넘어
먼 육천 리.

5

산

산새도 오리나무
위에서 운다.
산새는 왜 우노, 시메산골
영嶺 넘어가려고 그래서 울지.

눈은 내리네, 와서 덮이네.
오늘도 하룻길
칠팔십 리
돌아서서 육십 리는 가기도 했소.

불귀不歸, 불귀, 다시 불귀,
삼수갑산三水甲山에 다시 불귀.
사나이 속이라 잊으련만,
십오 년 정분을 못 잊겠네.

산에는 오는 눈, 들에는 녹는 눈.
산새도 오리나무
위에서 운다.
삼수갑산 가는 길은 고개의 길.

바닷가의 밤

한 줌만 가느다란 좋은 허리는
품 안에 차츰차츰 졸아들 때는
지새는 겨울 새벽 춥게 든 잠이
어렴풋 깨일 때다 둘도 다 같이
사랑의 말로 못할 깊은 불안에
또 한끝 호주근한 옅은 몽상에.
바람은 쌔우친다 때에 바닷가
무서운 물소리는 잦 일어온다.
켱킨 여덟 팔다리 걷어채우며
산뜩히 서려오는 머리칼이여.

사랑은 달큼하지 쓰고도 맵지.
햇가는 쓸쓸하고 밤은 어둡지.
한밤의 만난 우리 다 마찬가지
너는 꿈의 어머니 나는 아버지.
일시 일시 만났다 나뉘어가는
곳 없는 몸 되기도 서로 같거든.
아아아 허수롭다 바로 사랑도
더욱여 허수롭다 살음은 말로.

아 이봐 그만 일자 창이 희였다.
슬픈 날은 도적같이 달려들었다.

무심無心

시집와서 삼 년
오는 봄은
거친 벌 난벌에 왔습니다

거친 벌 난벌에 피는 꽃은
졌다가도 피노라 이릅디다
소식 없이 기다린
이태 삼 년

바로 가던 앞 강이 간봄부터
굽이돌아 휘돌아 흐른다고
그러나 말 마소, 앞 여울의
물빛은 예대로 푸르렀소

시집와서 삼 년
어느 때나
터진 개 개여울의 여울물은
거친 벌 난벌에 흘렀습니다.

밭고랑 위에서

우리 두 사람은
키 높이 가득 자란 보리밭, 밭고랑 위에 앉았어라.
일을 필畢하고 쉬이는 동안의 기쁨이여.
지금 두 사람의 이야기에는 꽃이 필 때.

오오 빛나는 태양은 내려쪼이며
새 무리들도 즐거운 노래, 노래 불러라.
오오 은혜여, 살아 있는 몸에는 넘치는 은혜여,
모든 은근스러움이 우리의 맘속을 차지하여라.

세계의 끝은 어디? 자애의 하늘은 넓게도 덮였는데,
우리 두 사람은 일하며, 살아 있었어,
하늘과 태양을 바라보아라, 날마다 날마다도,
새라 새로운 환희를 지어내며, 늘 같은 땅 위에서.

다시 한 번 활기 있게 웃고 나서, 우리 두 사람은
바람에 일리우는 보리밭 속으로
호미 들고 들어갔어라, 가지런히 가지런히,
걸어 나아가는 기쁨이어, 오오 생명의 향상向上이여.

무덤

그 누가 나를 헤내는 부르는 소리
불그스름한 언덕, 여기저기
돌무더기도 움직이며, 달빛에
소리만 남은 노래 서러워 엉겨라.
옛 조상들의 기록을 묻어 둔 그곳!
나는 두루 찾노라. 그곳에서,
형적 없는 노래 흘러 퍼져.
그림자 가득한 언덕으로 여기 저기,
그 누가 나를 헤내는 부르는 소리
부르는 소리, 부르는 소리
내 넋을 잡아끌어 헤내는 부르는 소리

상쾌한 아침

무연한 벌 위에 들어다 놓은 듯한 이 집
또는 밤새에 어디서 어떻게 왔는지 알지 못할 이 비.
신개지新開地에도 봄은 와서 가냘픈 빗줄은
뚝가의 어슴푸레한 개버들 어린 엄도 축이고,
난벌에 파릇한 뉘 집 파밭에도 뿌린다.
뒷 가시나무밭에 깃들인 까치 떼 좋아 지껄이고
개굴가에서 오리와 닭이 마주 앉아 깃을 다듬는다.
무연한 이 벌 심어서 자라는 꽃도 없고 메꽃도 없고
이 비에 장차 이름 모를 들꽃이나 필는지?
장쾌한 바닷물결, 또는 구릉의 미묘한 기복도 없이
다만 되는 대로 되고 있는 대로 있는 무연한 벌!
그러나 나는 내버리지 않는다. 이 땅이 지금 쓸쓸하다고,
나는 생각한다. 다시금, 시원한 빗발이 얼굴에 칠 때,
예서뿐 있을 앞날의 많은 변전變轉의 후에
이 땅이 우리의 손에서 아름다워질 것을! 아름다워질 것을!

꿈자리

　오오 내 님이여? 당신이 내게 주시려고 간 곳마다 이 자리를 깔아 놓아두시지 않으셨어요. 그렇겠어요 확실히 그러신 줄을 알겠어요. 간 곳마다 저는 당신이 펴 놓아주신 이 자리 속에서 항상 살게 되므로 당신이 미리 그러신 줄을 제가 알았어요.

　오오 내 님이여! 당신이 깔아놓아 주신 이 자리는 맑은 못 밑과 같이 고조곤도 하고 아늑도 했어요. 홈싹홈싹 숨 치우는 보드라운 모래 바닥과 같은 긴 길이, 항상 외롭고 힘없는 저의 발길을 그리운 당신한테로 인도하여 주겠지요. 그러나 내 님이여! 밤은 어둡구요 찬바람도 불겠지요. 닭은 울었어도 여태도록 빛나는 새벽은 오지 않겠지요. 오오 제 몸에 힘 되시는 내 그리운 님이여! 외롭고 힘없는 저를 부둥켜안으시고 영원히 당신의 믿음성스러운 그 품속에서 저를 잠들게 하여주셔요.

　당신이 깔아 놓아주신 이 자리는 외롭고 쓸쓸합니다마는, 제가 이 자리 속에서 잠자고 놀고 당신만을 생각할 그때에는 아무러한 두려움도 없고 괴로움도 잊어버려지고 마는데요.

　그러면 님이여! 저는 이 자리에서 종신토록 살겠어요.

오오 내 님이여! 당신은 하루라도 저를 이 세상에 더 묵게 하시려고 이 자리를 간 곳마다 깔아 놓아두셨어요. 집 없고 고단한 제 몸의 종적을 불쌍히 생각하셔서 검소한 이 자리를 간 곳마다 제 소유로 장만하여 주셨어요. 그리고 또 당신은 제 엷은 목숨의 줄을 온전히 붙잡아 주시고 외로이 일생을 제가 위험 없는 이 자리 속에 살게 하여주셨어요.

오오 그러면 내 님이여! 끝끝내 저를 이 자리 속에 두어주셔요. 당신이 손수 당신의 그 힘 되고 믿음성 부른 품속에다 고요히 저를 잠들려 주시고 저를 또 이 자리 속에 당신이 손수 묻어주셔요.

만리성萬里城

밤마다 밤마다
온 하룻밤!
쌓았다 헐었다
긴 만리성!

황촉黃燭불

황촉불, 그저도 까맣게
스러져가는 푸른 창을 기대고
소리조차 없는 흰 밤에,
나는 혼자 거울에 얼굴을 묻고
뜻 없이 생각 없이 들여다보노라.
나는 이르노니, "우리 사람들
첫날밤은 꿈속으로 보내고
죽음은 조는 동안에 와서,
별 좋은 일도 없이 스러지고 말어라."

가시나무

산에도 가시나무 가시덤불은
덤불덤불 산마루로 뻗어 올랐소.

산에는 가려 해도 가지 못하고
바로 말도 집도 있는 내 몸이라오.

길에 가선 혼잣몸이 홑옷 자락은
하룻밤에 두세 번은 젖기도 했소.

들에도 가시나무 가시덤불은
덤불덤불 들 끝으로 뻗어 나갔소.

시 혼

김 소 월

　적어도 평범한 가운데서도 사물의 정체를 보지 못하며
습관적 행위에서는 진리를 보다 더 발견할 수 없는 것이 가
장 어질다고 하는 우리 사람의 일입니다.
　그러나 여보십시오. 무엇보다도 밤에 깨여서 하늘을 우러
러보십시오. 우리는 낮에 보지 못하던 아름다움을 그곳에서
볼 수도 있고 느낄 수도 있습니다. 파릇한 별들은 오히려 깨
어 있어서 애처롭게도 기운 있게 도움을 떨며 영원을 속삭
입니다. 어떤 때는 새벽에 져가는 고요한 달빛이 애틋한 한
조각 숭엄한 채운의 다정한 치마뀌를 빌어, 그의 가련한 한
두 줄기 눈물을 문지르기도 합니다. 여보십시오, 여러분, 이
런 짓들은 적은 일이나마 우리가 대낮에는 보지도 못하고
느끼지도 못하던 것들입니다.

다시 한 번 도회의 밝음과 지껄임이 그의 문명으로써 광휘와 세력을 다투며 자랑할 때에도 저 깊고 어두운 산과 숲의 그늘진 곳에서는 외롭던 버러지 한 마리가 오히려 더 많이 설움에 겨웠는지 수임없이 울고 있습니다. 여러분 그 버러지 한 마리가 오히려 더 많이 우리 사람의 정조情調답지 않으며 난들에 말라 벌바람에 여위는 갈대 하나가 오히려 아직도 더 가까운 우리 사람의 무상과 변전을 설워하여 주는 살뜰한 노래의 동무가 아니며, 저 넓고 아득한 난바다의 뛰노는 물결들이 오히려 더 좋은 우리 사람의 자유를 사랑한다는 계시가 아닙니까. 그렇습니다. 잃어버린 고인은 꿈에서 만나고 높고 맑은 행적의 거룩한 첫 한 방울의 기도의 이슬도 이른 아츰 잠자리 우에서 듣습니다.

우리는 적막한 가운데서 더욱 사무쳐오는 환희를 경험하는 것이며, 고독의 안에서 더욱 보드라운 농정을 알 수 있는 것이며, 다시 한 번 슬픔 가운데서야 보다 더 거룩한 선행을 느낄 수도 있는 것이며, 어두움의 거울에 비추어 와서야 비로소 우리에게 보이며, 삶을 좀 더 멀리한 주검에 가까운 산마루에 섰어야 비로소 삶의 아름다운 빨래한 옷이 생명의 봄 두던에 나부끼는 것을 볼 수도 있습니다. 그렇습니다. 곧 이것입니다. 우리는 우리의 몸이나 맘으로는 일상에 보지도 못하며 느끼지도 못하던 것을 또는 그들로는 볼 수도 없으며 느낄 수도 없는 밝음을 지어버린 어두움의 골방에 서며 삶에서는 좀 더 돌아앉은 주검의 새벽빛을 받는 바라지 우에서야 비로소 보기도 하며 느끼기도 한다는 말입니다. 그렇습니다. 분명합니다. 우리에게는 우리의 몸보다도 맘보다도 더욱 우리에게 각자의 그림자같이 가깝고 각자에게 있는 그림자같이 반듯한 각자의 영혼이 있습니다. 가장 높이 느낄 수도 있고 가장 높이 깨달을 수도 있는 힘, 또는 가장 강하게 파동이 맑어지게 울리어오는 반향과 공명을 항상 잊어버리지 않는 악기, 이는 곧 모든 물건이 가장 가까이 비치어 들어옴을 받는 거울 그것들이 모두 다 우리 각자의 영혼의 표상이라면 표상일 것입니다.

그러한 우리의 영혼이 우리의 가장 이상적 미의 옷을 입고, 완전한 음률의 발걸음으로 미묘한 절조의 풍경 많은 길 우에 정조情調의 불붙는 산마루로 향하여 혹은 말의 아름다운 샘물에 심상의 적은 배를 젓기도 하며 이끼 돋은 관습의 기구한 돌무더기 사이로 추억의 수레를 몰기도 하여, 혹은 동구장류洞口場柳에 춘광은 아리땁고 십이곡방에 풍류는 번화하면 풍표만점이 산란한 벽도화 꽃닢만 저훗는 우물 속에 즉흥의 두레박을 드놓기도 할 때에는 이곳 이르는바 시혼으로 그 순간에 우리에게 현현顯現되는 것입니다.

그러한 우리의 시혼은 물론 경우에 따라 대소심천深淺을 자재변환 하는 것도 아닌 동시에 시간과 공간을 초월한 존재입니다.

어디까지 불완전한 대로 사람의 있는 말의 정을 다하여 할진대는 영혼은 산과 유사하다면 할 수 있습니다. 가람과 유사하다면 할 수 있습니다.

초하루 보름 그믐 하늘에 떠오르는 달과도 유사하다면 별과도 유사하다면 더욱 유사할 것입니다. 그러나 산보다도 가람보다도 달 또는 별보다도 다시금 그들은 어떤 때에는 반드시 한번은 없어도 질 것이며 지금도 역시 시시각각으로 적어도 변환되려고 하여 있지마는 영혼은 절대로 영원한 완전의 존재며 불변의 성형입니다. 예술로 표현된 영혼은 그 자신의 예술에서, 사업행적으로 표현된 영혼은 그 자신의 사업과 행적에서 그의 첫 형체대로 끝까지 남아있을 것입니다.

따라서 시혼도 산과도 같으며는 가람과도 같으며, 달 또는 별과도 같다고 할 수는 있으나 시혼 역시 본체는 영혼 그것이기 때문에 그들보다도 오히려 그는 영원의 존재며 불변의 성형일 것은 물론입니다.

그러면 시 작품의 우열 또는 이동에 따라, 같은 한 사람의 시혼일지라도 혹은 변환한 것 같이 보일는지도 모르지마는 그것은 결코 그렇지 못할 것이 적어도 같은 한 사람의 시혼 자신이 변하지 않음과 마치 한 가지입니다.

그러나 작품에는 그 시상의 범위, 리듬의 변화, 또는 그 정조의 명암에 따라 비록 한 사람의 시작이라고는 할지라도 물론 이동은 생기며 또는 읽는 사람에게는 시작 각개의 인상을 주기도 하며, 시작 자신도 역시 어디까지든지 엄연한 각개로 존립될 것입니다. 그것은 또 마치 산색과 수면과 월광성휘가 모두 다 어떤 한때의 음영에 따라 그 형상을 보는 사람에게는 달리 보이도록 함과 같습니다. 물론 그 한때의 광경만은 역시 혼동할 수 없는 각개의 광경으로 존립하는 것도 시작의 그것과 바로 같습니다.

그렇다고 산색 또는 수면 혹은 월광성휘가 한때의 음영에 따라 때때로 그것을 완상하는 사람의 눈에 달리 보인다고 그 산수월성은 산수월성 자신의 형체가 변환된 것이라고는 결코 할 수 없는 것입니다.

시작에도 역시 시혼 자신의 변환으로 말미암아 시작에 이동이 생기며 우열이 나타나는 것이 아니라 그 시대며 그 사회와 또는 당시 정경의 여하에 의하여 작자의 심령 상에 무시로 나타나는 음영의 현상이 변환되는데 지나지 못하는 것입니다.

겨울에 눈이 왔다고 산 자신이 희어졌다고 하는 사람이야 어디 있겠으며, 초생이라고 초승달은 달 자신이 구상鉤狀이라는 사람이야 어디 있겠으며, 구름이 덮인다고 별 자신이 없어지고 말았다는 사람이야 어디 있겠으며, 모랫바닥 강물에 달빛이 비춘다고 혹은 햇볕이 그늘진다고 그 강물이 '얕아졌다' 혹은 '깊어졌다'고 할 사람이야 어디 있겠습니까. 여러분 늦은 봄 삼월 밤 들에는 물기운 피어오르고 동산의 잔디밭에 물구슬 맺힐 때 실실이 늘어진 버드나무 옅은 잎새 속에서 옥반에 금주金珠를 구을리는 듯 높게 낮게 또는 번그러히 또는 삼가는 듯이 우짖는 꾀꼬리를 소반가의 둥근 달이 등잔같이 밝게 비추는 가운데 망연히 서서 귀를 기우린 적이 없으십니까. 사방을 두루 살펴도 그때에는 그늘진 곳조차 어슴푸레하게, 그러나 곳곳이 이상히도 빛나는 밝음이 살아있는 것 같으며 청명한 꾀꼬리 소리에 호젓한 달빛 아닌 것이 없습니다.

그러나 여보십시오. 그곳에 음영이 없다고 하십니까. 아닙니다. 호젓이 비추는 달밤의 달빛 아래에는 역시 그 예쁜 고유한 음영이 있는 것입니다. 지나 당대의 소자담의 구에

‘적수공명積水空明’이라는 말이 있습니다. 이것이 곧 이러한 밤, 이러한 광경의 음영을 떠내인 것입니다. 달밤에는 달밤에 뿐 고유한 음영이 있고 청려한 꾀꼬리 노래에는 역시 그에 뿐 상당한 음영이 있는 것입니다. 음영 없는 물체가 어디 있겠습니까. 나는 존재에는 반드시 음영이 따른다고 합니다. 다만 같은 물체일지라도 공간과 시간의 여하에 의하여 그 음영에 광도의 강약만은 있을 것입니다. 곧 음영에 그 심천은 있을지라도 음영이 없다고는 할 수 없는 것입니다.

여러분 위에도 썼거니와 달밤의 꾀꼬리 소리에도 물소리에도 한결같이 그에 특유한 음영은 대낮의 밝음보다도 야반의 어두움보다도 더한 밝으므로 또는 어스름으로 빛나고 있습니다.

여러분, 가을의 새여가는 새벽 별빛도 희미하고 헐벗은 나무 찬비에 처젖은 가지조차 어슴푸레한데 길 넘는 풀숲에서 가늘게 들려와서는 사람의 구슬픈 심사를 자아내기도 하고, 외롭게 또는 하염없이 흐느껴 숨어서는 잊어버릴 눈물이 수신절부의 열두 마디 간장을 끊어지게도 하는 식솔의 울음을 들어보신 적은 없습니까. 물론 그곳에 나타난 음영이 봄날의 청명한 달밤의 그것보다도 물소리 또는 꾀꼬리 소리의 그것들보다도 더 낮고 완연한 얼른 보아도 알아볼 수 있는 것인 것만은 사실입니다.

그러나 나는 봄의 달밤에 듣는 꾀꼬리의 노래 또는 물노래에서나 가을의 서리 찬 새벽 우짖는 식솔의 울음에서나 비록 완상하는 사람에조차 그 선호는 다를는지 몰라도 모다 그의 특유한 음영의 미적 가치에 있어서는 결코 우열이 없다고 합니다. 그러면 여러분, 다시 한 번 시혼은, 직접 시작에 이식되는 것이 아니라, 그 음영으로써 현현된다는 것과 또는 현현된 음영의 가치에 다한 우열은 적어도 그 현현된 정도와 태도여하와 형상여하에 따라 창조되는 각자 특유한 미적 가치에 의하여 판정할 것임을 말하고 인제는 이 부끄러움만큼이나 조그만 논문은 이로써 끝을 짓기로 합니다.

<개벽> 1925년 5월호

1902(1세) 9월 7일(음 8월 6일), 새벽에 평북 구성군 서산면 왕인동 외가에서 父 公州 金氏 性壽와 母 張景淑 사이의 장남으로 태어남. 金氏 문중의 종손이었음. 본명은 정식, 필명이 소월임. 조부가 대지주였고 광산업도 하여 집안이 부유했으며 유교적 가풍이 있었음.

1904(2세) 정주와 곽산 사이의 철도를 부설하던 일인 목도꾼에게 폭행을 당한 부친이 정신이상 증세를 일으킴.

1905(3세) 숙모로부터 고대소설 및 전설, 민담을 즐겨 듣고 문학적 감수성을 키워감. 많은 수설을 구술할 정도로 기억력이 비상함.

1907(5세) 조부가 독서당을 개설하고 훈장을 초빙하여 한문 공부를 시켰음.

1908(6세) 여동생 인조 태어남.

1909(7세) 공주 김씨 문중에서 세운 남산소학교에 입학. 머리가 총명하여 신동이라 불렸으며, 이승훈, 김시참 선생의 강연을 듣고 민족의식에 눈뜸. 부친의 정신병이 악화되어 집안에 그늘이 생김. 서춘 선생의 문학수업을 받고, 동네 친구인 오순을 만나 이성에 눈뜸.

1915(13세) 남산소학교를 졸업하고 그해 4월 오산중학에
            입학. 교장 이승훈, 교사 조만식의 영향으로 민
            족의식을 키움. 스승 안서 김억을 만나 본격적
            인 문학수업 받고 시작에 손댐.

1916(14세) 할아버지의 뜻에 의해 단실과 결혼함. 오순과
            의 이별로 심리적 갈등을 겪음.

1919(17세) 3·1운동에 적극 참여하여 민족애를 키움. 당
            시 및 서구시에 탐닉함.

1920(18세) 안서의 지도로 창작에 매진하고 <창조>에 「낭
            인의 봄」 등을 발표하여 문단에 데뷔.

1922(20세) 배재고보 5학년에 편입.

1923(21세) 배재고보 졸업 후 일본 유학길에 오름. 10월
            관동대지진으로 귀국.

1924(22세) 귀향해서 조부의 광산 일을 도우며 소일함. 영
            변 여행 중 채란이를 만나 「팔베개 노래」의 소
            재 얻음. 김동인, 김찬영, 임장화 등과 함께
            <영대> 동인이 됨.

1925(23세) 시집 『진달래꽃』(매문사)을 간행하고, 시론
            「시혼」을 <개벽>(5호)에 발표.

1926(24세) 마음속의 연인이던 오순의 죽음으로 충격받음.
            시작에서 거의 손을 떼고 방탕한 생활을 함.

1927(25세) 나도향의 요절로 충격을 받고 자살 충동을 느
낌. 술로 지새는 날이 많아짐. 고리대금업에 손
댐.

1932(30세) 독립운동가 배찬경의 망명자금을 대주고 일경
의 감시를 받음. 만주행을 꿈꿨으나 실패함.

1934(32세) 12월 23일 장에서 아편을 사가지고 와 음독
함. 다음 날 아침 8시경 싸늘한 시체로 발견됨.
평북 구성군 서산면 평지동 터진고개에 안장
됐다가 후에 서산면 평지동 왕릉산으로 이장.

한국 현대시 100년의 금자탑은 장엄하다. 오랜 역사와 더불어 꽃피워온 얼·말·글의 새벽을 열었고 외세의 침략으로 역경과 수난 속에서도 모국어의 활화산은 더욱 불길을 뿜어 세계문학 속에 한국시의 참모습을 드러내게 되었다.

이 나라는 글의 나라였고 이 겨레는 시의 겨레였다. 글로 사직을 지키고 시로 살림하며 노래로 산과 물을 감싸왔다. 오늘 높아져 가는 겨레의 위상과 자존의 바탕에도 모국어의 위대한 용암이 들끓고 있음이다.

이제 우리는 이 땅의 시인들이 척박한 시대를 피땀으로 경작해온 풍성한 시의 수확을 먼 미래의 자손들에게까지 누리고 살 양식으로 공급하는 곳간을 여는 일에 나서야 할 때임을 깨닫고 서두르는 것이다.

일찍이 만해는 「님의 침묵」으로 빼앗긴 나라를 되찾고 잃어가는 민족정신을 일으켜 세우는 밑거름으로 삼았으며 그 기름의 뜻은 높은 뫼로 솟아오르고 너른 바다로 뻗어나가고 있다.

만해가 시를 최초로 활자화한 것은 옥중시 「무궁화를 심고자」(≪개벽≫ 27호 1922. 9)였다. 만해사상실천선양회는 그 아흔 돌을 맞아 만해의 시정신을 기리는 일의 하나로 '한국대표명시선100'을 펴내게 된 것이다.

이로써 시인들은 더욱 붓을 가다듬어 후세에 길이 남을 명편들을 낳는 일에 나서게 될 것이고, 이 겨레는 이 크나큰 모국어의 축복을 길이 가슴에 새겨나갈 것이다.

한국대표명시선100 | 김 소 월

진달래꽃

1판1쇄 발행 2012년 11월 9일
1판4쇄 발행 2022년 11월 9일

지 은 이 김 소 월
뽑 은 이 만해사상실천선양회
펴 낸 이 이 창 섭
펴 낸 곳 시인생각
등   록 제127-34-51037호(2012.7.9)
주   소 경기도 양평군 옥천면 고읍로 164
          ㉾476-832
전   화 (031)955-4961
팩   스 (031)955-4960
홈 페 이 지 http://www.dhmunhak.com
이 메 일 lkb4000@hanmail.net

값 6,000원

ISBN 978-89-98047-14-6 03810

* 잘못된 책은 구입하신 서점에서 교환하여 드립니다.

※ 이 책은 만해사상실천선양회의 지원으로 간행되었습니다.